ELAS POR ELE & ELES POR ELA

AURORA FERNANDES

Porto de Idéias EDITORA

São Paulo, 2016

ELAS POR ELE & ELES POR ELA

Aurora Fernandes

Editor | Sebastião Haroldo de Freitas Corrêa Porto
Coordenação editorial | Silvana Pereira de Oliveira
Capa e diagramação | Otávio Silva
Ilustrações | Aurora Fernandes

Dados Internacionais de Catalogação na Publicação (CIP)
(Câmara Brasileira do Livro, SP, Brasil)

Fernandes, Aurora
Elas por ele & eles por ela / Aurora Fernandes. --
São Paulo : Porto de Idéias, 2016.

ISBN 978-85-8061-093-2

1. Contos brasileiros 2. Poesia brasileira
I. Título.

16-00591 CDD-869.3
-869.1

Índices para catálogo sistemático:
1. Contos : Literatura brasileira 869.3
2. Poesia : Literatura brasileira 869.1

Editora Porto de Idéias Ltda. | Rua Perdões, 101 | Aclimação | CEP 01529-030
São Paulo – SP – Brasil | Tel. 11 3884-3814 | www.portodeideias.com.br

Agradecimentos

Dentre tantas pessoas que sem saber me ajudaram a construir as narrativas, agradeço aos transeuntes anônimos, cujas experiências compartilhadas ou não, imaginadas, ouvidas ou apenas observadas, se misturaram com as minhas e fizeram nascer as personagens. Agradeço de modo muito especial a Tassiana, minha sobrinha e grande amiga, pela sua total disponibilidade em analisar comigo cada um dos contos, sem medir esforços, fazer concessões ou mesmo querer algo em troca. Destaco e expresso minha emoção pela forma como apresentou esta obra. Pela sensibilidade, empatia e indiscutível competência, Tassiana, o meu sincero muito obrigada!

Ao meu marido Sebastião, pela forma generosa com que me apresentou. Em verdade acredito que os longos anos de convivência nos permite conhecer as sutilezas identitárias do nosso parceiro, e ele parece me conhecer melhor do que eu mesma me conheço. Cumpre ressaltar que todo o lirismo colocado no texto diz respeito à luz que emana dos seus olhos e, numa inversão do adágio popular, acredito que "o que os olhos veem, o coração sente". Sensibilizada registro aqui o meu profundo agradecimento.

Sumário

Apresentação

Ao reler esta coletânea de contos, vi-me simbolicamente como uma Naja, serpente altamente venenosa e impressionante em sua envergadura, definitivamente assustadora. Porém, como todos os exemplares da espécie, a Naja só faz uso do seu veneno para defender-se e, periodicamente, despe-se da sua couraça velha e desgastada para renovar-se e assim seguir a sua vida.

Elas por Ele & Eles por Ela, para sua elaboração, exigiu de mim estratégia semelhante. Foi necessário que eu me desfizesse da velha couraça para que fosse possível me expressar através da escrita, em forma de ficção. E, ao escrever, deixar para trás caminhos já trilhados, para, enfim, iniciar uma nova vida. A finalização da obra coincide com o término também de uma carreira acadêmica de 38 anos. Escrever sobre temas técnicos e científicos dará lugar às formas literárias de expressão. É o meu desejo dedicar-me a essa área do conhecimento – senso comum – empírica, sensível, subjetiva, de modo a viver o tempo que ainda me resta fazendo aquilo que sempre significou a minha essência: falar da vida e suas idiossincrasias, sem saber o que de fato é viver e sem ter a pretensão de sabê-lo, apenas o desejo de viver o mais intensamente possível.

Com a releitura dos contos, observo, sem querer ser pretensiosa, filigranas das grandes obras estudadas, o sentido filosófico de autores que foram importantes para a minha vida na academia. A potência de vida de Spinoza; o ser aí (Dasein) de Heidegger, o único ser que se pergunta sobre o seu estar no mundo; a identidade pós-convencional de Habermas, aquela que consegue manter a sua autenticidade perante as mudanças sociais; o inconsciente de Freud; a mulher que não nasce mulher, mas se torna mulher, de Beauvoir, dentre tantos outros. E assim, numa construção mental fundada nas lembranças, nas percepções e na criatividade, os contos foram sendo construídos aos poucos, sem pressa e sem grandes pretensões, munidos, apenas, de emoção e sensibilidade.

Gostaria de falar ao leitor sobre as ilustrações que acompanham a obra. São desenhos de minha autoria, mas que não foram elaborados com essa finalidade. Na verdade são produções de outro momento da minha vida, mas que acabaram sendo incorporadas ao livro quando, ao fazer a leitura, fui arremetida aos desenhos que, ao meu ver, expressavam as mesmas emoções das personagens de cada conto em particular e pareciam ter sido feitos para ilustrar as narrativas. Eu tinha, então, duas formas distintas de expressão para as mesmas questões. Foi um momento de epifania que culminou com a incorporação dos desenhos aos contos. E, para permitir ao leitor essa mesma experiência, as ilustrações foram impressas na página que antecede o conto: primeiro o leitor verá a imagem e depois fará a leitura e, acredito, aproveitará melhor o texto.

Londrina, maio de 2015.

O SENTIDO DA VIDA

Religiosamente às 5 horas da manhã ela despertava: sentia a força do pensamento incessante, teimosamente atualizado e já projetando novos devires... Alucinante! Depois as sensações do corpo querendo encontrar o ponto máximo da sua elasticidade promovendo alongamentos intensos e prazerosos. A boca sedenta fazia a sua mão procurar o copo deixado na noite anterior e com a água meio morna engolir o remédio matutino. Depois caía na realidade: tinha outro dia sem sentido pela frente. Como vivê-lo? Deixar a cama macia e cheirosa exigia uma dose extra de esforço e ela gostava de aconchegar-se entre lençóis antes de começar a jornada. Ainda na cama, ela via o longo corredor e lá ao fundo a estante repleta de livros, os seus livros. Como gostava deles! Porém, nessa altura da vida, lera tanto que essa prática outrora tão prazerosa já não era suficiente para aplacar o seu desejo: voltar para casa.

Dirigia-se ao banheiro, as necessidades fisiológicas faziam-se urgentes depois da noite maldormida e, em seguida, um olhar para o espelho numa busca insana pela menina, a moça e a mulher que fora. Onde estariam elas? Não as reconhecia e não se enxergava naquele rosto marcado e meio murcho. Começava então o processo de reconstrução das feições com a limpeza da pele do rosto e do pescoço, duas gotas de colírio para clarear a parte branca e tornar os seus olhos azuis mais brilhantes; depois uma massagem delicada nas linhas abaixo dos olhos com um creme especialmente formulado para isso. No rosto, antes do hidratante, uma leve camada de leite fresco que nutria por alguns minutos a pele que em seguida seria enxaguada com água fria. Creme, base fina um pouco mais clara do que a tez e, aos poucos, um revigoramento do rosto começava a tomar forma. Nada de sombras ou blush pesados, apenas uma generosa camada de rímel, corretivo, iluminador e algumas palmadinhas nas bochechas. E ela estava pronta, só não sabia para quê!

Caprichava no café da manhã, não por desejar viver muito comendo pouco e bem, mas para ter energia e enfrentar o terrível vazio que seria o seu dia. Começava com mais um copo de água, as frutas, um copo de suco integral de vinho com sementes de chia que intumescidas com o líquido lembravam um sagu. Não dispensava o café preto, sem açúcar, acompanhado de uma panqueca de tapioca recheada com frutas secas, castanha e mel. O corpo estava bem alimentado, mas a alma perdia-se num emaranhado de sentimentos dolorosos de abandono e inutilidade. O seu celular não tocaria, a campainha não soaria e nada aconteceria com a participação de alguém querido. Ela parecia muito bem aos olhos dos outros, ninguém considerava ser ela uma mulher carente de afetos e atenção, achavam sim que ela era muito bem preparada para a vida.

Mas ela não sabia o que era a vida, não tinha ideia do que fazia por aqui, neste mundo tão populoso, com pessoas desarvoradas, cheias de certeza, donas dele, do mundo. E ela perdida nesse turbilhão. Não se sentia em casa, não era o seu mundo. Ela não era daqui. Paradoxalmente, amava o conforto, a casa bem decorada e acolhedora. As cores vibrantes nas paredes e a ousadia em misturar objetos clássicos com outros elaborados por mãos nada talentosas, mas cheias de amor, eram o seu forte. Os quadros, obras de arte consagradas, contrastavam vibrantemente com a madeira, o couro, as sedas e os cristais que adornavam a casa. Para quê? Com certeza não sabia, mas era-lhe vital essa harmoniosa cena doméstica. Ela era assim, vivia intensamente os seus dons, colocava-os para quem os quisesse ver ou ouvir independentemente de ter quem assim o quisesse. Depois, quedava-se num sofrimento existencial que parecia que nunca teria fim. E ela viveria essa vida inventada pela história dos homens até o limite do suportável. A cada dia, levantava-se e surgia das cinzas, tal qual fênix: resiliente, corajosa e confiante de que num determinado momento, quando menos esperasse, a vida se faria sentir em sua plenitude e em sua beleza. Ela reconheceria os sinais, saberia ter chegado enfim a sua hora, a hora do seu encontro com o sentido da vida, a hora da sua morte.

O ANJO

A viagem que começara no horário previsto para o embarque passou a dar mostras de que algo não ia bem. A tripulação inquieta, a decolagem sendo continuamente adiada e os passageiros dando os primeiros sinais de enfado e preocupação. Ao final de 40 minutos, o comandante deu a notícia de que o avião estava apresentando problemas e que todos deveriam providenciar o seu reembarque em outro avião. Foi um Deus nos acuda e cada um procurando resolver a sua questão o mais rápido possível.

Alice viu-se de repente no imenso saguão do aeroporto, remexendo a mala procurando o documento que seria imprescindível para que pudesse encaixar-se no voo que a levaria para casa, num roteiro inusitado, com muitas horas, o que exigia novo check-in para lá de complicado. Sem entender direito o que deveria fazer, acocorada sobre a mala aberta, Alice era a representação do desamparo quando alguém, vindo não se sabe de onde, tocou levemente o seu braço. Ela virou-se e viu o rosto de um homem jovem que, com um sorriso amigável, estendeu-lhe a mão e levou-a até um guichê meio afastado. Diligentemente ele solicitou os documentos de Alice e procedeu a troca dos bilhetes de ambos. Prontamente despachou as malas, deu-lhe o comprovante e a encaminhou até o portão de embarque dizendo:

— Pronto, agora está tudo bem e você pode viajar tranquila!

E Alice, profundamente agradecida e sensibilizada com a ajuda providencial, abraçou-o expressando a sua admiração pelo gesto amoroso. Ele serenamente olha para ela e disse:

— Todos nós, um dia, vamos precisar de ajuda.

E do mesmo modo que chegou, o anjo se foi.

ANABEL

O dia, apesar de muito quente, trazia uma brisa fresca. Anabel, num momento de profundo torpor sentiu um arrepio que a fez contorcer o tronco ao mesmo tempo em que cerrava os olhos procurando experimentar, ao máximo, aquela sensação de puro prazer. As costas desnudas serviram de ponto de "aterrissagem" para o fio de cabelo, que sem qualquer esforço soltou-se do alto da cabeça e foi caindo levemente até pousar nas costas de Anabel que, ao sentir a carícia, deixou-se invadir por uma prazerosa sensação. O fio, já morto, deixou na moça a impressão física da unicidade corpórea: cada pedacinho, cada célula, cada nervo, cada glóbulo, cada órgão, tudo harmonicamente conectado para fazê-la viva!

AMOR INCONDICIONAL

Sou um velho: tenho idade e experiências de vida que fazem de mim um ser repleto de histórias. A que desejo contar aconteceu nas entrelinhas do meu tempo livre a contemplar estrelas e seres humanos absortos no seu cotidiano. O palco para essa atividade era a rua onde morava por tempos imemoriais e cujas peculiaridades conhecia como a palma da minha mão.

Clara, a menina que vi crescer e que todos os dias passava pela rua com seu semblante angelical sempre a me desejar:

— Bom dia, boa tarde... como vai o senhor?

Eu e o meu cachorro Ceres, um digno representante da mistura da raças, um vira-lata, portanto, e tão velho quanto eu, ficávamos, dolentemente, vendo a vida passar. E a vida passava todos os dias com a menina Clara. Ceres permanecia intocável em sua velhice canina: sentava-se nas patas traseiras bem rentes ao portão de ferro e com as dianteiras em riste, cabeça altiva e olhar perdido no tempo, não mexia um nada diante da carinhosa atenção de Clara. Via-se que ela amava o cão de forma incondicional. Não esperava abanos de rabo, latidos, ganidos ou sei lá o quê, que pudesse demonstrar o seu gosto pelos carinhos da menina. Mas ela não se incomodava e todos os dias repetia o mesmo ritual.

A minha velhice certo dia deu sinais de apreensão e não era comigo, nem mesmo com Ceres, era com Clara. Há dias ela não aparecia e minha preocupação me fez percorrer a rua, conversando com os moradores para descobrir onde residia a menina que enchia os meus dias de sentido. A sua imagem, a sua voz, as suas ações, realimentavam a minha própria história e me projetavam para o devir. Clara era o meu devir. Encontrei-a gravemente enferma, um aneurisma arrebentara e seu cérebro era um acumulado de sangue e outros humores que a faziam sofrer e que culminaram com a sua morte. Morte prematura, inexplicável e muito difícil de aceitar. Eu estava aqui pronto para partir e Ceres também, a nossa vida era apenas um deixar acontecer, nada mais tínhamos que fazer por aqui, mas a eternidade também se faz de juventude. E Clara se foi sem se despedir...

No dia do seu enterro eu procurei forças no mais íntimo de mim, arrumei-me com esmero e fomos, eu e Ceres, prestar nossa última homenagem à menina dos nossos olhos. Ceres, sem pedir licença aos humanos, caminhou lentamente até ao caixão e com as pernas traseiras acomodou-se e com as dianteiras em riste olhava, sem pestanejar ou emitir qualquer som, a menina Clara em seus últimos instantes junto a nós. Nós que correspondíamos cotidianamente ao seu amor incondicional.

AS MÃOS DE EURICO

Na aeronave lotada, Eurico sentia-se enclausurado entre os assentos da janela e do corredor. Seu corpo avantajado pedia mais espaço, mas teria que encontrar forças para resistir por uma hora a esse suplício. Acomodou o desconforto e botou-se a pensar no que o levava para a cidade incrustada na terra vermelha do Paraná, naquela manhã de sábado. Seria o paraninfo da primeira turma do curso de filosofia que ajudara a fundar. Era, sem dúvida, um privilégio e isso amenizou o seu sofrimento.

A viagem foi de certa forma tranquila e, ao aterrissar, Eurico como só trazia bagagem de mão saiu rapidamente do avião e, enfim, sentiu-se à vontade para espairecer enquanto saboreava um cafezinho. Não tinha pressa, o seu compromisso seria só para o início da noite, então tomou um táxi e dirigiu-se até a casa de um amigo onde passaria o dia. Não fazia ideia do que o esperava: uma festa diurna no jardim da casa, com uma piscina e muita gente jovem e bonita. Foi chegando devagar, acomodou-se e logo foi servido de uma bebida gelada. De repente, o burburinho deu lugar a um silêncio rápido que foi tomado por uma voz feminina cantando *Eu sei que vou te amar*. Eurico não a via, ela estava de costas, sentada no gramado, e ele, como que hipnotizado pela voz a capela, pegou o violão que carregava sempre consigo e passou a acompanhar a melodia. Assim, ela virou-se e então Eurico perdeu-se de amor. A confusão era enorme e entre pequenos nacos de carne e de pão ele conseguiu acercar-se dela e dizer:

— Posso pegá-la mais tarde para sairmos? Tenho um compromisso no início da noite, mas assim que me liberar vou buscá-la em sua casa.

A surpresa dela foi enorme, mas aceitou o convite e rabiscou o endereço num papel improvisado.

Mesmo acometido de emoção cívica na festa de formatura, Eurico não tirava da cabeça a bela moça que conhecera há poucas horas e que já enchia o seu coração de intensos desejos. Pouco conhecedor da cidade, perdeu-se em algumas ruas, pois a moça morava em um bairro afastado, mas o afã em revê-la era tão grande que perguntou aqui e ali e acabou por encontrar a casa simples e agradável onde ela vivia.

Tudo era muito novo, sequer tinham certeza da fisionomia um do outro e assim que ela entrou no carro acompanhou-a um aroma de canela, sutil e, ao mesmo tempo, quente. Um leve farfalhar de tecido acompanhou o movimento dela. Pela primeira vez olharam-se mais demoradamente. Eurico perdeu-se naqueles olhos vibrantes e pôde sentir, sem tocar, a pele aveludada e a boca de uma coloração suave e brilhante. Não tinham muito o que dizer, mas suas mãos se tocaram e um calor intenso os aqueceu.

Foram dançar e Eurico a enlaçou firme e carinhosamente; enquanto dançavam as roupas dela deslizavam pelos seus dedos numa carícia muito nova porque exerciam sobre ele um poder de desejo sem posse. Era como se estivesse dançando com uma miragem. Ao tocá-la ele sentia uma espécie de "dom" em suas mãos que, embora rudes e enormes, podiam ser suaves e delicadas. Uma aura mágica tomou conta dos dois, que deixaram o ambiente para acomodarem-se em local mais apropriado para o exercício do amor. Não se falavam, palavras não se faziam necessárias. As mãos de Eurico diziam, faziam e transmitiam tudo, e ela deixava-se ficar num êxtase profundo enquanto sentia seu corpo flutuar. Aos poucos as mãos de Eurico deslizaram pelos minúsculos botões e as roupas macias foram cedendo espaço para uma nudez marmórea. Eurico foi percorrendo aquele corpo, que ao toque das suas mãos se desfazia da sua materialidade para amalgamar-se com fluidos celestiais, talvez, que transformavam a mulher diante dos seus olhos em pura energia: intensa, luminosa. Eurico, pleno de amor, retirou-se para um recanto onde pudesse chorar a sua felicidade enquanto ela, plena de paz, vestia o seu traje de seda. Nunca mais se viram. Ele deixou este planeta, pois não era mesmo daqui, e ela passou por experiências humanas das mais diversas, mas nenhuma que pudesse ser comparada àquela vivida sob o toque mágico das mãos de Eurico.

ARAME DE SEGURANÇA

Com o volante na testa e os braços enfiados entre o tórax e o abdômen, Ana olhou para além do para-brisas do carro e viu uma lama escura com alguns ramos verdes saindo daquele pedaço de mundo inexplicável para ela. Onde estaria? Como é que o carro ficara assim pendurado? Tinha consciência de si, mas não sabia onde estava.

Retirou os braços daquela posição incômoda, conseguiu soltar o cinto de segurança e apalpou o corpo, a cabeça e não viu sinal algum de ferimento. Aos poucos foi tomando pé da situação. Lembrou-se de que estava a caminho da casa de seus pais, uma chácara nos arredores da cidade. Agora como fora parar ali, pendurada numa espécie de buraco, não sabia.

Pausou a respiração, controlando a entrada e saída do ar dos pulmões e rezou: "Meu anjo da guarda, valei-me". Olhou ao redor e percebeu um espaço de terra firme, acionou a porta do carro e conseguiu sair. Mais uma olhada e o ambiente foi tornando-se familiar. O carro estava com a dianteira enfiada num lago, seguro por um fio de arame farpado aparentemente frágil. A cerca impediu a tragédia: Ana poderia ter sido engolida pela água, que, com a chuva que caía, tornara-se escura e lamacenta. Reconheceu a chácara vizinha com sua casa colonial e o pomar. Estava perto do seu destino e sem pestanejar saiu correndo pela estrada de terra em direção à casa paterna. Entrou e chorando abraçou-se ao pai que sem entender o que estava acontecendo acalmou a filha e com um copo de água fresca a fez recompor-se e relatar o acontecido. Mas o que tinha acontecido? Ana não sabia. Sabia apenas que o seu carro estava afundando no lago do vizinho. Com a ajuda do caseiro, foram os homens retirar o veículo daquela situação, e Ana acomodou-se ao lado da mãe e esperou.

Ouviu o barulho do motor urrando para vencer o barro e chegar até a casa. Depois de algumas poucas horas o sol voltou a brilhar e Ana pode fazer o caminho de volta na companhia do pai, que a levou com o carro até o início da malha asfáltica garantindo a sua segurança. Ela o amava muito e era retribuída nesse amor de forma profunda. Agora salva do acidente por aquele fio de arame, Ana serenamente ponderou: antes de sair de casa, estava se sentindo muito só; uma solidão que doía na alma porque ela não encontrava justificativas plausíveis para isso.

Depois desse episódio fatídico, com um final feliz, Ana concluiu que estar só pode ser um momento ímpar para refazer velhos conceitos e renovar a vida. Arriscar-se com medo da solidão pode não ser a melhor solução. O mal-estar, a dor e a desgraça poderiam estar nas suas escolhas, e a solução numa revisão profunda das mesmas, quando o arame de segurança a livraria também de uma vida sem sentido.

TAL E QUAL

A família era unânime em afirmar que a tia Dora deixava a desejar como esposa e mãe. Havia tal descaso pela casa, segundo diziam, que o pobre do tio Zacarias via-se obrigado a assumir os filhos e as prendas domésticas quando voltava exausto do trabalho no campo. E isso tudo acrescido do fato de que a tia queixava-se num contínuo de dores e dissabores que a faziam prostrar-se na cama sempre desgrenhada e até mesmo malcheirosa e nada disposta aos arroubos da carne. Pobre tio. Sofria de dois males: a casa e a prole deixadas ao léu e os anseios ignorados de homem jovem e viril. Que fazer? Botou-se então a dar tratos à bola engendrando estórias terríveis sobre a tia Dora, que passou a ser a megera, a abusada, aquela que fazia gato e sapato do tio Zacarias. Acometida de uma forte e abrupta crise de pneumonia, ela morreu e ele ficou com os seus casos de homem sofrido e abandonado. Depois de liberto das garras da tia Dora, ele, em boa forma física, passou a colecionar mulheres, mas velhas não! Queria mulher formosa, cheirosa, fogosa. Dizia ele:

— Algumas só dão pro gasto!

Bem, dessa história segue outra que permite enxergar, com mais clareza, aquela do passado. Josué, homem direito, firme nas ações, responsável, estudou mais do que qualquer dos seus pudesse sonhar. Era habilidoso e determinado, qualidades essenciais a qualquer profissão e, assim, ganhou prestígio e respeito como consultor. Era um homem acima de qualquer suspeita.

Encontrou Sarah, filha de família bem-posta e que, numa volta da vida, teve que dispor-se de tudo o que fosse palpável, material. Ergueu-se com a força da juventude e da formação recebida, enfrentou as dificuldades e também estudou para além dos seus irmãos, desgastados e desgostosos com o que a vida lhes armara. Quis o destino que Josué e Sarah se conhecessem num momento em que suas vidas de adulto jovem, mais do que vividas, estivessem no ponto para uma trajetória a dois: formados, encaminhados profissionalmente e calejados dos arroubos da juventude, decidiram-se rapidamente um pelo outro.

Ele viu nela a bela, a representante perfeita da sobriedade e elegância, e ela viu nele a simplicidade alicerçada numa postura de homem com "H" maiúsculo. Todas as fichas foram jogadas e num namoro relâmpago projetaram o seu futuro num casamento para sempre: na riqueza e na pobreza, na saúde e na doença. Com o passar do tempo, os projetos dele não vingavam, desde os mais ousados, como carreira na política ou empreendimentos empresariais que fariam a abundância da família, até as férias, os programas mais prosaicos naufragavam e as concretizações familiares beiravam a mediocridade.

Aos poucos, a sombra do "tal" do tio Zacarias começou a fazer sentido para Sarah que sempre tivera dúvidas sobre a negligência da tia Dora. As coincidências começaram a aparecer para ela que analisava o seu cotidiano com o marido perfeito. Josué, achava que fazia e acontecia, era amoroso e fiel enquanto que ela [ele achava] se fechava no seu castelo de cristal, deixando-o fora do seu alcance. Repete-se a história: bom homem, sério, nobre de sentimentos, responsável, não encontrava eco para os seus anseios. Assim ele se mostrava aos olhos do mundo que circundava o casal. Já para ela, no recôndito do lar, Josué postava uma frieza polar: nenhuma palavra de amor, nenhum chamamento carinhoso. Quando expressava qualquer afeto, era para ser observado pelos outros. Nas discussões corriqueiras, nunca assumia qualquer parcela de responsabilidade; a culpa era sempre dela. Quando as mágoas se instalavam, ela se desculpava e ele se recolhia num silêncio perverso. Silêncio que ela consumia até o limite do suportável, quando então fazia o caminho solitário para a reconciliação.

Começaram a aparecer dificuldades financeiras para tudo o que fosse comum. Sarah então assumiu a composição da casa que foi adornada, decorada e suprida de móveis, quadros, objetos de arte, tapetes, roupas sofisticadas, tudo com os recursos dela. O dinheiro dele ela nunca viu, não usufruiu com a regularidade esperada para um casal. Josué dizia estar sempre em apuros financeiros que ela desconhecia totalmente, não porque lhe fosse indiferente e sim porque ele sempre arranjava desculpas e despesas extras deixando tudo às escuras. E quando ela tinha acesso por descuido dele aos extratos bancários, apareciam cifras, depósitos, saques, aplicações polpudas. E questioná-lo seria assumir a culpa da bisbilhotagem. As mentiras, mesmo quando constatadas, não eram aceitas. Ele afirmava veementemente diante da evidência de fatos, falas, documentos que nada daquilo correspondia à verdade. Uma maneira de mentir que derrubava qualquer argumentação tal o cinismo e a petulância das argumentações. Saía de perto deixando Sarah na perplexidade.

Diante de qualquer dificuldade dela, dos seus anseios afetivos e amorosos, seus temores e dores, ele assumia uma postura de total falta de sensibilidade, fechando-se num casulo, numa indiferença perversa que a impedia de aproximar-se. Noites insones, procuras intensas, reflexões profundas fizeram da vida de Sarah um inferno. Com o tempo, começaram as agressões verbais e psicológicas que, como num passe de mágica, se revertiam nos momentos de aproximação com os amigos, em aparência de total harmonia conjugal, o que lhe conferia uma imagem de marido amoroso e perfeito. Ela tinha a impressão de que esses amigos imaginavam ser ela a ter as rédeas da relação e ele configurando-se como o marido submisso aos caprichos da mulher. Tal e qual Dora em relação ao tio Zacarias. Pobre tia, agora Sarah sabia que a sua vida não fora fácil. Por trás do homem sério, responsável, querido pelos amigos e familiares, dedicado ao amor da mulher, estava, na verdade, um psicopata dissimulado: pernóstico, mentiroso contumaz, insensível, egoísta e emocionalmente comprometido e comprometedor: tal e qual o marido de Sarah.

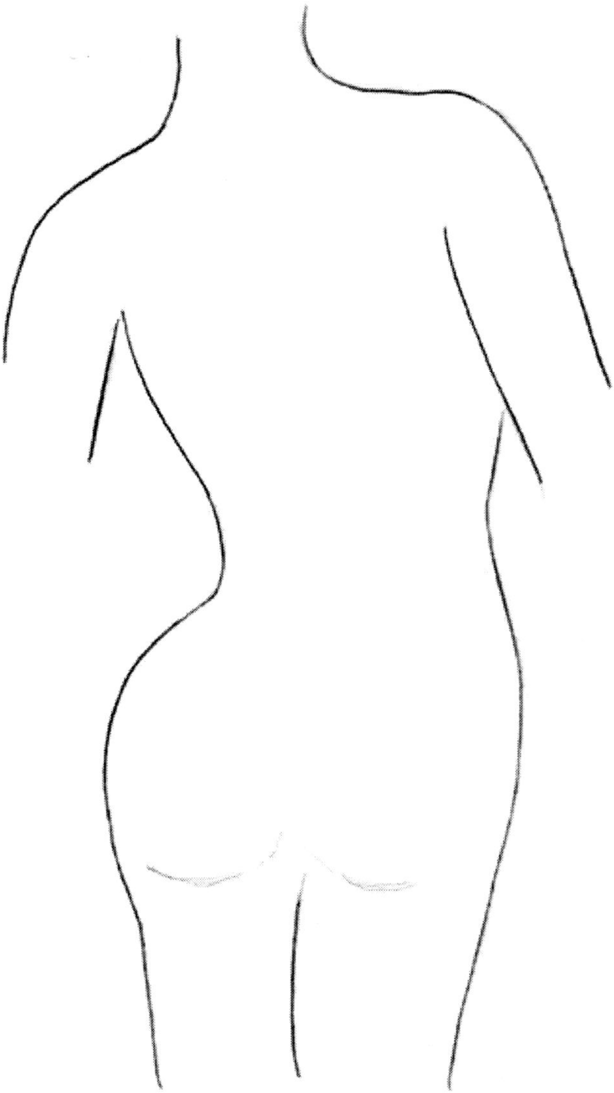

O LUXO POPULAR

Violet saiu bem cedo de casa. Faria um roteiro não muito longo e queria aproveitar o sol que há dias não aparecia. Caminhando calmamente curtindo a brisa daquela manhã, voltou no tempo até a cidade natal onde, na primavera, os dias eram claros e frescos. Deu-se conta do imenso bem-estar que estava sentindo, e não era só psicológico que as boas recordações proporcionavam, era físico também... E isso mexeu com a razão de Violet. O que estaria deixando-a assim tão confortável? Atentou para as suas passadas e percebeu uma leve pressão nas pernas que subia pelas coxas e contornava o glúteo até chegar à cintura. Alisou o tecido da calça legging que estava usando e o tato acusou uma fibra sintética e firme. Na parte superior, ela usava uma bata também de tecido sintético, imitando uma seda e que flutuava ao sabor do vento.

Ora, tecidos sintéticos não são favoráveis ao bem-estar, então Violet passou a refletir sobre a estrutura das peças que estavam promovendo o conforto no andar. Era, com certeza, o corte, a confecção, e isso deu a ela uma sensação ainda melhor. Pensou nas pessoas que participaram daquela criação; dos que confeccionaram as peças e naquelas que as criaram. Lembrou-se de que as havia comprado em uma loja popular que investira em design para oferecer aos clientes a oportunidade de adquirir roupas de qualidade a preços acessíveis. Alguns artistas da alta-costura do Brasil e do exterior aderiram ao projeto e uma vez por ano desenham uma coleção especialmente para essas lojas. As que Violet usava foram desenhadas e confeccionadas com a estrutura de moda comandada por Stela McCartner, e agora ela podia usufruir dessas peças e experimentar a sensação de vestir uma roupa de altíssimo nível. O seu corpo estava sendo testemunha do quanto a qualidade é essencial para o bem-estar em qualquer segmento da vida.

Pela primeira vez Violet entendeu a importância da moda e da alta-costura, quando alicerçadas em projetos ecologicamente corretos, para a vida de pessoas comuns, como ela, e como tantas outras, talvez, menos favorecidas e que tinham a oportunidade, através do trabalho de designers famosos, de usufruir desse luxo. Stela MacCartner, sem saber, ou mesmo sabendo, já que se coloca como profissional preocupada com o meio ambiente e com a partilha dos bens que a natureza produz para todos, fora a grande protagonista de uma experiência vivida por uma mulher brasileira, no seu cotidiano mais do que comum, numa bela e ensolarada manhã.

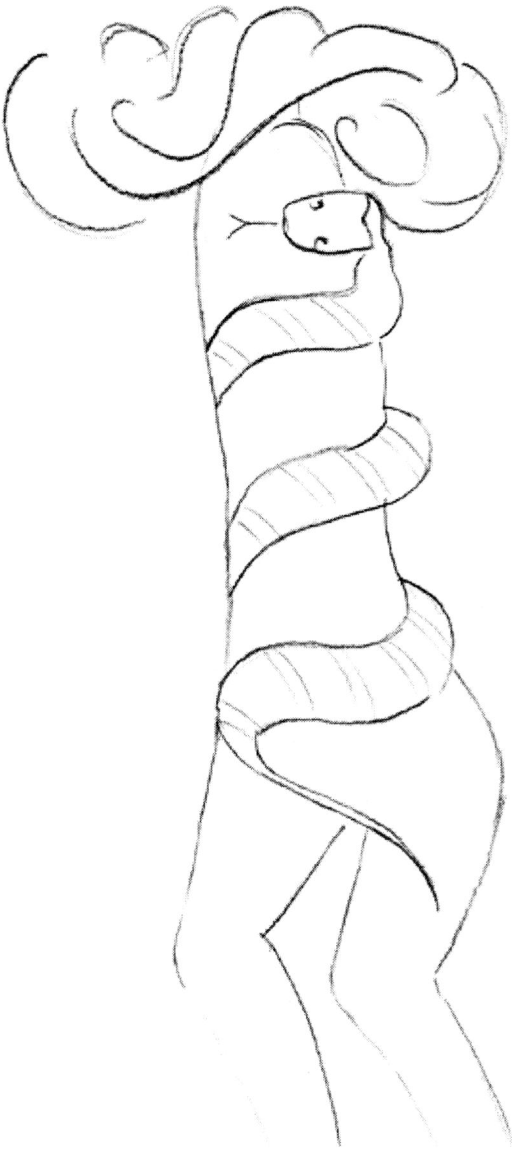

O BOTE DA SERPENTE

Nara era a representação da feminilidade: pequena mas esbelta, as pernas longas a faziam parecer maior do que era, cintura fina e quadris na medida para os seus 57 quilos. De inteligência aguçada, percebia de longe as intenções dos humanos à sua volta. Filha única, de poucos amigos, desde cedo colocara o seu foco nos estudos que, acreditava, lhe garantiriam uma vida confortável.

A juventude lhe propiciava as melhores armas para atingir seus objetivos, era incansável e destemida. Não havia distância que a limitasse para ir e vir de casa para o trabalho e do trabalho para a faculdade e depois de volta para casa. Morava em uma república juntamente com três jovens que, como ela, lutavam para garantir um futuro decente, fosse como fosse. O casamento, embora desejado, não era o ponto mais importante para Nara. Se a vida lhe apresentasse alguém interessante e disposto a dividir despesas e somar alegrias, ela não recusaria, mas se fosse preciso seguiria sozinha sem qualquer problema.

O apartamento era pequeno, mas muito bem decorado: tudo muito simples, adquirido em feiras de artesanato e mesmo criações das moradoras que tinham um certo toque artístico. Colorida e repleta de tecidos e almofadas que davam aconchego, a sala era o ponto principal. Um sofá adaptado de uma velha cama de solteiro remetia aos contos de mil e uma noites. Uma tenda de bandagem cobria o móvel fixada por uma fina corda de seda no alto de uma viga que cruzava o cômodo. Quando necessário, o cortinado se soltava e permitia certa privacidade. Uma pequena mesa redonda adquirida em um brechó com três banquetas arrematadas com almofadas de veludo ofereciam o conforto na hora das refeições e compunham um canto repleto de vasos de cerâmica pendurados num alambrado de bambu trançado. Tapetes de tecido rústicos e um lustre feito com um velho chapéu de praia.

Nara não tinha nenhum compromisso amoroso, mas dava-se ao luxo de sair vez ou outra com colegas da faculdade. Dentre eles, Armando que vinha já há algum tempo assediando a moça. Ela o achava meio estranho e às vezes notava que ele perdia-se a olhar para o nada por muito tempo, o tempo de uma aula, por exemplo. Certo dia combinaram um passeio até uma feira noturna, muito popular e que servia iguarias fantásticas. A noite estava agradável e eles comeram e beberam cerveja artesanal gelada no ponto de arrefecer os condimentos dos pastéis e outras comidas próprias do recinto. Já adentrando a madrugada foram para casa. Ele acompanhou-a até o apartamento e lá, na hora da despedida, colocou os braços entre os batentes da porta e disse que não iria embora. Ela argumentou que não poderia recebê-lo e que não estava interessada em maiores intimidades.

Armando vociferou e com as mãos fechadas empurrou a moça para dentro e num estrondo bateu a porta. O que veio depois foi um espetáculo de violência que deixou Nara terrivelmente machucada, com sangue escorrendo pela boca e o corpo sofrendo dores violentas. Num lampejo, Nara de costas foi dirigindo-se para a cozinha driblando, com voltas e reviravoltas do corpo, as investidas do rapaz. Como tinha a vantagem de conhecer o ambiente, mesmo no escuro, ela alcançou a faca de pão e foi fazendo a dança de vai e vem até vislumbrar o peito do rapaz ao alcance das mãos. Um urro saiu das entranhas de Nara e com firmeza ela enterrou a faca no peito de Armando que, num dueto medonho com a moça, vociferou tentando arrancar a arma do peito. Cambaleou e caiu de bruços sobre a mesa. Sem vacilar, Nara saiu correndo do apartamento, desceu as escadas quase saltando os degraus e ao sair para a rua sentiu-se livre. Correu sem rumo não se sabe por quanto tempo e acabou por procurar refúgio no prédio da faculdade. Acomodou-se como pode entre os pilares e adormeceu.

O dia amanheceu e ao voltar para casa encontrou um alvoroço das colegas de moradia que assustadas com aquele homem ferido em sua cozinha acionaram a polícia. Nara entrou e todos se voltaram para ver a sua figura desarranjada. Ela contou o acontecido e sem fugir da responsabilidade acompanhou os policiais e foi dar o depoimento que mudaria para sempre o rumo da sua vida.

PETITE FLEUR

Ela foi se envolvendo e sem se dar conta desejou ardentemente deixar-se apreciar por ele. Tinham tempo, disponibilidade e ficaram pela tarde toda a consumir pequenas delícias: um bom vinho, um saboroso antepasto, uma fruta fresca. Dirigiram-se aos aposentos dele, num hotel, e delicadamente ela foi se despindo apenas o suficiente para que ele, de longe, pudesse apreciar-lhe a beleza. Deixou-se ficar apenas com as roupas íntimas, escolhidas com esmero, colocando-se de forma a expor os seus ângulos mais favoráveis. Um visível êxtase tomou conta do ancião que implorou-lhe para sentir o toque da sua pele. Demonstrando certa contrariedade disfarçada, ela aproximou-se e deixou-o explorar com as mãos trêmulas o seu corpo bem-cuidado. Desse colóquio inocente, laços antigos foram reforçados. Estavam íntimos novamente e estariam juntos para a eternidade.

IMAGEM DE MULHER

Naquela manhã, Flor acordou com uma sensação incômoda. Depois da noite festiva, com os amigos lotando a sua casa, os cantores sertanejos empolgando a todos, os sabores dos quitutes apresentados, a arrumação do ambiente, ela acordou com um certo descompasso e, sem perceber, começou a pensar no significado do seu nome e no sentido que o mesmo fazia para ela. Não era flor e muito menos bela: achava que tinha as feições parecidas com a estampa de uma arara, pássaro exuberante, mas que não tem a melhor imagem para denominar uma bela mulher. Não era bela e as flores o são, sempre. Então por que a chamaram Florisbela? Sabia, por alto, que fora uma sugestão do pai, apaixonado pela mãe e que viu no nascimento da primogênita uma oportunidade para traduzir esse sentimento unindo as palavras flor e bela. Daí veio a trajetória de denominações que foram dando sentido ao seu nome: bela, flor, florzinha, etc., e ela acostumou-se, e por muito tempo sentia-se, sim, bela.

Agora, com a idade chegando, as feições se acomodando aos moldes da arara, ela viu que não era flor, nem bela, era apenas uma mulher esforçando-se para suprir a ausência da beleza física com a habilidade em receber calorosamente um sem-número de amigos e, dentre eles, aquele especial a quem, sem saber, seduzia pelo apuro social. Delicadamente, Flor foi-lhe apresentando molhos sofisticados, bebidas exóticas, comidas afrodisíacas servidas em pequenos utensílios de porcelana. E mais, foi sutilmente colocando a sua total despretensão em exigir a exclusividade dos seus afetos. Discutir a relação? Jamais! Estava à disposição dos seus caprichos para poder usufruir de seus préstimos de macho.

Assim como veio, ele sumiu e levou consigo o que ela lhe cedera e lhe ensinara ao servir-lhe iguarias e especiarias. E ao entregar-se, como mulher, em invólucros inusitados, mise-en-scène, rapapés, rebolados, curvaturas, meia-luz, arrepios, suspiros e ais. E ela, a flor, a bela, acordou assim, sem amor, buscando o sentido de sua existência ancorado num nome que estava longe de representar--lhe. Não, não era flor e não era bela! Então, quem era?

Os dias de inverno, secos e convidativos para os encontros que Florisbela gostava de promover em sua casa, deram início ao solstício da primavera: temperaturas elevadas e muito sol. No final da tarde lhe era muito prazeroso caminhar sem pressa apreciando a natureza colorida pelos últimos raios de sol. Sentia qualquer coisa mudar em seu ventre. Seria um mal-estar passageiro? Bebera demais? Não, achava que não. Enfim a sensação acomodou-se e ela assumiu a sua condição de mulher incansável, guerreira, cheia de compromissos e de amigos de todos os cantos e recantos. Como diziam, ela "matava" um leão por dia e houve até quem dissesse que ficava ainda com a caça. Com esse seu jeito exuberante, não havia amor de homem que a sustentasse. Os romances sempre acabavam como bolhas de sabão no ar. Mas ela não guardava rancor, sublimava a dor e partia para a vida.

Tempos depois, aconteceu de encontrá-lo, por acaso, num desses botecos lotados de jovens, homens maduros, mulheres solitárias. A noite seria de música brasileira, ao vivo, o que permitia breves colóquios, flertes e, quem sabe, uma noite intensa de amor. Viu-o no balcão do bar, conversando com amigos, rindo muito e fazendo rir, aproximou-se e sem pudores embrenhou-se na roda e logo estava rindo e deliciando-se com as histórias picantes daquele que já fora, ainda que por pouco tempo, o seu homem: um sessentão bem apanhado. Dali para um canto onde o sexo se fizesse possível foi um pulo. Ambos deixaram-se levar pela volúpia que os drinques, a música, as falas, os risos provocam e usufruíram um do corpo do outro.

Voltaram a se ver. A cidade propiciava locais para lazer ao ar livre, longas caminhadas embaixo de frondosas árvores à beira de um lago onde podiam conversar e se tocar numa troca de experiências e saberes. Ambos eram intelectuais, acadêmicos e de área afim. Flor, experiente e despachada, percebeu a necessidade que ele tinha de demonstrar, sem ser questionado, o seu vasto conhecimento, achava ele, sobre a natureza humana. Ela estava interessada mesmo era naquele homem que ela já conhecia e de quem gostava. Então, nada exigiu, quedou-se a ouvi-lo, a apreciá-lo, a sorrir-lhe, a concordar com ele. Verdade ou não, ela considerava-se uma mulher do século XXI, independente e autônoma, e usou disso para transmitir-lhe o seu total aceite a uma relação sem cobranças desnecessárias onde somente o interesse momentâneo valeria: nada de compromisso sério, como ele claramente explicitara.

Mas, e agora? A sensação corpórea persistia e Florisbela, mulher madura, logo entendeu: "Vou ser mamãe". Era o mês de setembro de 2014, um belo momento para saber-se grávida, afinal era o tempo em que muitos familiares faziam aniversário e a notícia ecoou pelas redes sociais onde os amigos quedaram-se incrédulos: mas como? E isso dava conta de que o seu estado interessante era fruto de um relacionamento fortuito, daquele relacionamento sem compromisso, aberto, sem pressões. O que agora se apresentava fazia cair por terra essa pretensa abertura de relacionamento sexual entre um homem e uma mulher, que se sabe, sem as devidas precauções, redunda quase sempre em filhos não programados. O ser em formação viria e exigiria toda a responsabilidade que a irresponsabilidade diante dos arroubos do sexo acometera Flor e o seu, digamos assim, ingênuo parceiro.

SUBLIMAÇÃO

Ao vê-la tal qual há muito desejava, ele quedou-se num doloroso espanto. Despida de qualquer artifício que pudesse alterar-lhe a beleza, ela nua, era a materialização do pudor. Ele deitou-se ao seu lado e enlaçou-a calorosamente. Lágrimas abundantes molharam os cabelos escuros e macios da moça.

— Não posso amá-la — disse-lhe secretamente ao ouvido. — É o que mais desejo, mas não posso... Já me fiz amar profundamente por outra e o meu coração não tem espaço para dois amores assim. Para amá-la como desejo, teria que deixar aquela que entranhou-se com o meu ser e me fez cativo. Fiz-me dela e a tomei para mim e assim nos tornamos um só. Se eu amá-la agora que a senti em sua plenitude, serei seu e serás minha... seremos um. Não posso ser um só com duas pessoas diferentes. Meu corpo se dilacera enquanto meu coração se aquece e guarda no mais recôndito de si este desejo intenso, intocável, não realizado e, por isso, eterno. Meu imponderável amor... Adeus!

TIRANDO DÚVIDAS

O dia estava ensolarado e perfeito para uma caminhada já que era inverno. Rosana, enrolada no cachecol, empreendeu um passo rápido e podia sentir a musculatura forte sob o tecido do seu agasalho. Gostava dessa atividade. Sentia-se em perfeita harmonia com a natureza. Esquecia-se dos dissabores, dos desamores e sentia que a vida ainda tinha muito a lhe oferecer.

Não podia, no entanto, ignorar que a sua vida estava passando por profunda transformação. Não sabia bem o que era, mas algo incomum estava acontecendo com o seu casamento. E não era sempre que se sentia assim, disposta e confiante. Em certas ocasiões, a tristeza pegava fundo e fazia brotar um sentimento de medo e insegurança. Sentiu que era tempo de procurar ajuda.

Primeira sessão

— O que a está incomodando?

— Não sei bem se é um incômodo. Acaba de passar pela minha cabeça que o meu sofrimento tem me dado prazer, pode?

— Como assim? Explique-se melhor.

— Veja, sei que o meu marido me trai e conheço a pessoa. É linda. E pensar nos dois juntos tem mexido com minhas emoções.

— Emoções, quais?

— As sexuais, claro. E eu que achava que estavam esquecidas!

— E não estão?

— Não. Estão aqui presentes e não consigo pensar, sexualmente, em meu marido sem essa pessoa presente.

— Fale mais sobre isso.

— Não quero, não hoje. Estou assustada e acabo de ficar muito triste.

Segunda sessão

Entrou no consultório e deitou-se no divã. Sem qualquer pretensão aparente, alisava os ombros e os braços, acariciando-se.

— Você quer falar agora?

— A beleza nada convencional dessa pessoa não me sai da mente.

— Hum! Beleza é?

— Sim, uma beleza diferente, renascentista, talvez: peito e quadris avantajados, roliços. Cintura estreita, pequena saliência abdominal, cabelos anelados.

— Você diz beleza. Não seria apenas diferente?

— E o diferente não é belo?

— É, pode ser. E o seu marido, quer falar dele?

— Acho que não. Ele não me interessa, causa-me compaixão.

— Compaixão? Mas ele não trai você?

— Quer saber... Acho que ele é apenas um instrumento nesse caso. A traição de algum modo aproxima a outra pessoa de mim. E aí é que pode estar o objeto de desejo, entende?

— Sim, acho que entendo. Vamos pensar um pouco mais sobre isso?

E do mesmo modo que chegou, ela saiu sem dizer mais nada.

Terceira sessão

Em pé, andando constantemente pela sala ela disse:

— Gostaria que eles me convidassem para sair e abrissem o jogo. Juntos, poderíamos decidir o que fazer.

— O que vocês poderiam fazer juntos?

— Talvez encontrar um caminho onde coubéssemos os três.

— E você aceitaria conviver com seu marido e outra mulher?

— Eu falei mulher?

— Não é mulher?

— Bem, eu a vejo como mulher, mas há nuances tão sutis nessa área afetivo-sexual!

— Você afirma que ela é bonita e exerce certa atração sobre você. Diz ainda que aceitaria uma vida a três?

— Sim.

E sem se despedir, deixou a sala.

Quarta sessão

Em pé, na porta, a terapeuta a recebeu:

— Bom dia, entre e acomode-se. Como vai?

— Estou bem e não tenho mais nada a dizer.

— Pois então digo eu: vamos sair para jantar?

— Quem? Eu e você ou nós três?

— Nós três.

E, levantando-se, a terapeuta expôs sua figura atarracada, volumosa, porém, sem exagero. Seu cabelo recém-lavado, cheio de cachos brilhantes nos quais já despontavam alguns fios prateados. A pele levemente rosada, com um brilho discreto, e os olhos meigos escondidos pelas lentes corretoras. Rosana pensou: "Está se sentindo atraente e bonita. Fiz um excelente trabalho!".

PARANOIA

Ingrid viu-se novamente envolta em pensamentos terríveis: o medo, a sensação de estar sendo vigiada tomava grande parte deles, dos pensamentos. Inúmeras vezes vasculhava os ambientes da casa para ter a certeza de que ninguém a seguia. Apesar de pequeno, o apartamento era um intrincado de paredes, móveis e portas que pareciam esconder alguém. Bem, era só o casal que ali residia, então, como não acreditava em assombrações, só podia acreditar que era o seu marido quem a seguia... Ou não?

Por toda uma vida de trabalho árduo traduzindo textos e livros, ela conseguira angariar um patrimônio considerável que incluía imóveis, obras de arte, ações e alguns milhares de dólares que Ingrid guardava secretamente em uma maleta munida de um sistema de segurança com uma senha que só ela conhecia. Quanto ao marido? Nada sabia sobre suas finanças, pois desde sempre mantiveram um acordo tácito de que cada um cuidaria da sua e quando acontecia um projeto comum, as despesas seriam divididas.

Agora, adentrando a década dos sessenta anos, Ingrid percebia alguma coisa no ar: desconfiava que o seu marido andava à procura de evidências que comprovassem a sua situação financeira privilegiada. Nada que fosse concreto, mas a sensação de estar sendo vigiada nos mínimos detalhes estava deixando-a de "orelhas em pé". Nunca se sabe o que pode acontecer. Os quase quarenta anos de vida em comum a fizeram, pelas circunstâncias, caminhar em sentido oposto ao marido. Continuavam juntos, na mesma casa, dividindo o mesmo leito, mas, isso longe de significar cumplicidade e afeto, era apenas comodidade. Estranhavam-se... Toleravam-se. Ela embrenhava-se em seus livros, seu trabalho e com eles vivia a "sua vida". Quanto ao marido, andava de lá para cá, aparentemente sem saber o que fazer com a vida, a dele.

Ingrid cuidava minuciosamente de cada detalhe das suas finanças. Aprendera desde criança a valorizar os frutos do seu trabalho. Orgulhava-se em ver que o seu saldo bancário, apesar das exorbitantes e às vezes inexplicáveis taxas, sempre "batia" com o seu controle diário, feito à mão, no caderno de capa dura. Caderno que ela guardava como se fosse um relicário, recheado de notas ficais, recibos, faturas, etc.

Os dias passavam e os fantasmas da perseguição a acompanhavam onde quer que fosse. Em casa, a sombra do marido era um tormento. Um dia ao chegar, depois de algumas horas na biblioteca municipal, Ingrid o surpreendeu mexendo em seu computador e o susto dele ao vê-la entrar de súbito, deixou-a ainda mais perturbada. Olhando a tela do computador ela viu uma matriz de planejamento orçamentário. Não era a sua, a do caderno, mas era uma planilha para controle financeiro e isso a alterou visivelmente. Empurrou o marido e assumiu o posto diante da tela do computador. Vasculhou as informações e, por mais que tentasse, não identificou dados que fossem seus, mas era um material para expor questões financeiras: salário, despesas, saldo, etc. Ela suou frio, vociferou contra o marido, expulsando-o do seu espaço.

Esse episódio foi a gota-d'água para Ingrid que alucinada procurou na internet algo com que pudesse se defender, já que agora tinha certeza das intenções do marido. Ele queria eliminá-la e ficar com tudo o que era seu: as polpudas economias. Adquiriu um artefato que ao ser acionado emitia uma descarga elétrica intensa, mas não letal, e passou a levar o tal instrumento colado ao corpo e, quando na cama, inserido discretamente embaixo do colchão.

O cotidiano foi, aos poucos, tornando-se insuportável e numa noite aconteceu: algo macio, mas fortemente segurado foi colocado sobre o seu rosto. O corpo deu um violento salto na cama e num milionésimo de segundo Ingrid soube que estava sendo asfixiada. Como já se preparava para algo assim, começou a respirar o ar que saía do próprio nariz (aprendera essa técnica tempos atrás). Desesperada agarrou o artefato elétrico e introduziu-o entre as suas pernas num vão deixado pelo travesseiro que usava para não permitir o choque dos joelhos (uma herança paterna) e acionou o aparelho. Ouviu um grito e sentiu que a mordaça no seu rosto se afrouxara. Desvencilhou-se do abraço fatal e saiu da cama aos trancos e barrancos, percorreu o corredor escuro e acomodou-se no escritório, fechando a porta num estrondo assustador. O silêncio era sepulcral, a alta madrugada e o frio certamente expulsaram os transeuntes noturnos. Confusa, Ingrid deixou-se ficar acocorada no chão, procurando encontrar a calma que há muito a deixara.

Dormiu profundamente, e levada pelos sonhos viu-se em um campo vasto de vegetação verde e rasteira salpicada de minúsculas flores amarelas. Uma brisa fresca fazia ondulações em seus cabelos que, diferente daquela carapinha malcuidada que ela ostentava ultimamente, era alourado e liso. Suas vestes lembravam a seda e flutuavam, levando-a a uma espécie de voo panorâmico sobre aquele paraíso. No horizonte, um sol nascente farto de calor e cores emitia ondas de uma paz profunda. Havia um intenso perfume no ar. Acordou sentindo-se muito bem e, mesmo sem entender porque estava ali, no seu espaço de trabalho, encaminhou-se para o banheiro. No limiar da porta vislumbrou a cama onde o marido dormia, ressonando calmamente.

A BELEZA DO HORROR

Seguramente dez anos atrás ela não teria sequer pensado em assistir aquele filme. Tinha horror a filmes de guerra ou de qualquer gênero que tratasse de violência. Mas a vida com suas exigências faz mudanças às vezes profundas. O dia estava chuvoso e passar o tempo numa sala de cinema pareceu a ambos uma ótima ideia. De mãos dadas como há tempos não faziam, embrenharam-se entre a multidão que, da mesma forma que eles, buscava alternativa para amenizar a letargia do tempo. As escolhas estavam minimizadas e acabaram optando por um filme de guerra: a terrível Segunda Guerra Mundial.

A sessão começou e um desfile de horrores e estrondos ecoavam pela sala. Ela acomodou-se nos braços do amado e deixou-se ficar assistindo à película que, aos poucos, foi envolvendo-a sem que ela mesma desse por isso. E, em meio a tantas cenas de violência, Ema foi percebendo a beleza em meio ao horror. O amor florescendo a despeito da dor, a fé tentando explicar a morte absurda de tantos, a sublimação dos seres humanos envolvidos numa ação inexplicável, mas real: era matar ou morrer. E, ao final, a constatação de que mesmo no submundo do horror e da violência sem sentido, a essência divina dos homens permanece preservada. O inimigo tão violentamente combatido não matou, e salvando uma vida fez emergir o amor incondicional. A partir daí Ema absorve o melhor do filme, a confiança de que tudo: o bom, o mau, o belo, o feio, tudo enfim tem uma razão e inexplicavelmente faz parte da vida.

AUSÊNCIAS?

De repente, Clara sentiu um vazio na cabeça acompanhado de uma leve pressão nas têmporas. Percebeu a existência de um espaço letárgico entre o que via e ouvia. A sua vida estava suspensa, no ar. Tinha uma vaga noção de quem era e de onde estava, mas isso não tinha a menor importância. Ela poderia ficar nesse estado para sempre onde nada fazia sentido e ela era um nada!

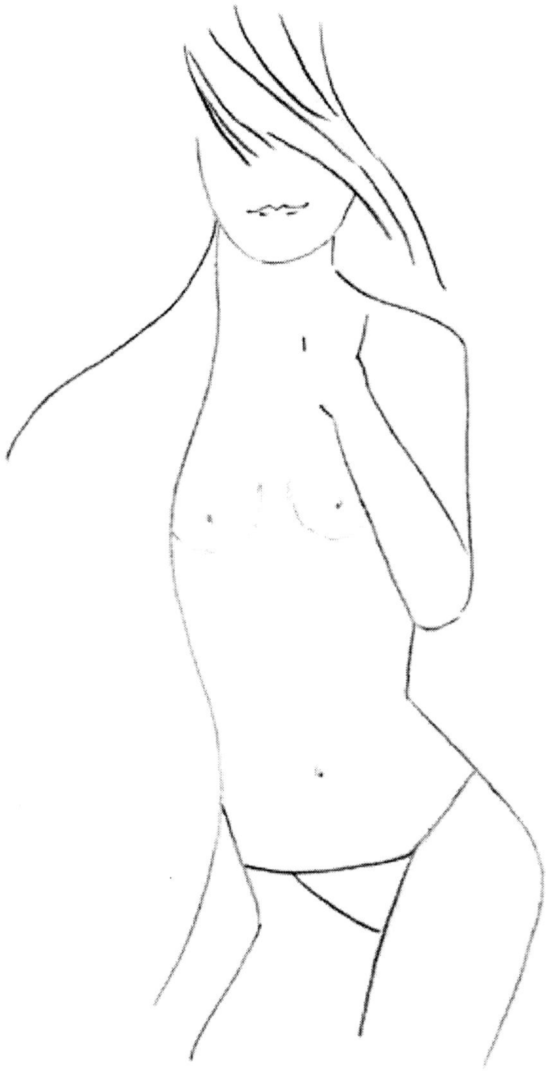

PERPLEXIDADE

Naquela tarde de verão, com o sol já a pino, Márcia voltou para casa e, num gesto de perplexidade, analisou o seu corpo no espelho tentando encontrar ali a razão para o fracasso amoroso e se surpreendeu com a maciez da sua pele de uma brancura marmórea e livre de qualquer imperfeição. Acariciou o pescoço alongado que terminava em um colo perfeito emoldurado por seios pequenos e redondos que, se apanhados como fruta madura, caberiam em duas taças de cristal. A cintura marcada, dando contornos ao quadril que se arredondava para a parte posterior do corpo numa elevação graciosa. As pernas firmes e bem torneadas terminavam com pés pequenos e perfeitos. Estaria a razão do desencanto em seu rosto? Ela olhou para ele de forma minuciosa, buscando diferentes ângulos, e o que via era uma face rosada, boca acentuada e olhos transparentes que ganhavam mais cor com o contraste do cabelo escuro. Ora, não havia nada que pudesse alcunhá-la de feia e sem graça! Então, onde estaria a desgraça?

DEVANEIOS

A manhã estava fria com o céu nublado e uma garoa persistente fazia gelar os ossos. Toquei a campainha insistentemente porque sabia do seu apreço pelo sono matinal. É tão reparador! Ao vê-la, no alto da escadaria que levava à porta principal, metida num roupão longo e enrolado até o pescoço, o meu coração se aqueceu e transbordou de alegria. Abraçamo-nos e já iniciando a conversa que, com certeza, não teria fim, adentramos a sua casa que nos acolheu com seu cortinado de seda rústica, suas mantas, seus objetos artisticamente dispostos e as eternas flores em vasos improvisados num arranjo exótico. Sempre de mãos dadas como que para absorver a seiva humana uma da outra, nos dirigimos para a cozinha, nossa peça favorita na casa. Já nos esperava um delicioso café da manhã: frutas da estação, sucos, queijo caseiro, a inigualável geleia de figo e os pãezinhos recém-tirados do forno.

Nosso encontro nesse dia tinha um objetivo claro: um encontro arranjado com um antigo colega de faculdade que lhe dissera ser eu "inesquecível". Para o seu espírito conciliador e otimista, uma clara demonstração de amor por mim. Amor recolhido por circunstâncias e por um tempo tão longo que nos afastaram e não permitiram um convívio mais íntimo. Agora, ele divorciado e eu com o casamento em crise, era, segundo o seu incansável sentido agregador, o momento para esse encontro que seria impactante e definitivo. "Ele não vai resistir aos seus encantos", você afirmou. Desconfiada, e confesso, assustada com essa história, fui sendo seduzida, aos poucos, pelo seu rebuscado poder de persuasão. "Inesquecível" é uma palavra muito forte que expressa claramente que esse alguém deixou uma marca indelével num coração, disse você. E o meu coração sofrido começou a revigorar-se para despertar desejos adormecidos e nunca saciados. A libido circulando pelo meu corpo despertou novos anseios e, nesse afã, deixei-me levar pelo seu encantamento de fada madrinha.

Passamos a tarde elaborando planos para o tal encontro. Selecionar um traje que fosse ao mesmo tempo sexy e clássico tomou conta da nossa cabeça. Inúmeras visitas ao guarda-roupas e ao espelho, muitas risadas, considerações ora debochadas ora elogiosas embasadas no rigoroso senso estético que ambas possuíamos. Um vestido leve com comprimento pouco acima dos joelhos, meias prestas fio 40, bota de salto alto e cano médio alongam suas pernas! Um casaqueto de plush preto e uma carteira incrível anos setenta. Com esse resultado, a imagem que o espelho nos devolveu foi a de uma jovem e clássica mulher, e isso me deu segurança para a inusitada aventura.

Quando vi o meu suposto enamorado, criei coragem e fiz uso dos meus melhores atributos. Fomos a um shopping e por não mais que uma hora conversamos sobre amenidades. Por fim descobri o porquê do "inesquecível". Longe de ser um qualificativo que pudesse evocar um amor não correspondido, designava uma admiração pelos meus atributos morais: coragem e determinação para defender pessoas ofendidas, denunciar injustiças e abuso de poder... Reminiscências da nossa convivência acadêmica. No restante do encontro tive diante de mim um homem narcisista que acreditava que o tempo passava para todos, menos para ele... e completamente indiferente aos meus possíveis encantos. Que desencanto! Voltei para sua casa e juntas desfizemos o nosso devaneio, freamos as emoções e recolocamos os velhos e intensos desejos no baú da nossa existência.

CISMAS

Izabel acompanhou o olhar dele e deparou-se com a figura de uma mulher muito parecida com algumas outras que ela percebera despertar nele esse desejo incontido de olhar direto para um corpo feminino em movimento. Mas não era um olhar para qualquer mulher; elas, as que chamavam a sua atenção, dançavam sozinhas num pequeno espaço do salão repleto de pares que se ondulavam num misto de paixão e tédio. A dúvida de sempre tomou conta do coração de Izabel: o que tanto ele procurava nessas mulheres sempre muito parecidas? Aparentavam uma idade cronológica entre 45 e 50 anos, pequenas, magras, algumas nem tanto, cabelos curtos e claros, vestindo-se sempre com gosto duvidoso: saias justas em excesso; shorts curtos e mal cortados; vestidos com um palmo abaixo das nádegas; enfim, um cenário que ela já havia presenciado em inúmeras ocasiões. Sempre após a descoberta da figura que ele procurava, aconteciam inúmeras idas ao toalete, um cumprimento a amigos que Izabel não conhecia e, portanto, não precisava dar-se ao incômodo de ir até o mesmo, e com isso ele transitava sozinho pelo bar e Izabel o seguia com o olhar. Ele dirigia-se para o local onde estava a mulher, parava, olhava, conversava com algumas pessoas próximas, mas não com ela. Ao voltar apresentava uma mudança na expressão, na conversa, no estado de ânimo geral. Muitos olhares na direção onde estava ou estivera a tal mulher, gestos sem sentido e um esquecimento daquela que estava ao seu lado e que dançara vertiginosamente com ele há poucos minutos numa demonstração explícita de satisfação e gozo, quando ele ensaiara gestos amorosos como preliminar, talvez, para uma noite de amor.

O que de fato acontecia? Não eram ninfetas cheias de glamour e exalando humores de fêmeas no cio: eram mulheres comuns, sem beleza aparente. Talvez o limiar da etapa reprodutiva, da vida sexual, as fizesse exercer nele certo fascínio. O corpo nesse momento engendra condições extremas para tentar manter-se pleno e nos meandros obscuros dos órgãos e seus humores possa, talvez, exalar odores imperceptíveis para muitos e perfeitamente captados por alguns, sem que esses sequer desconfiem. Izabel quedava-se num limbo existencial e se perguntava sobre os mistérios da vida e de como isso poderia levar a interpretações errôneas de desamor, quando, na verdade, era um chamamento desesperado para a vida. Mas ela não queria passar por isso, não queria dividir com ninguém a sua vida. Era-lhe doloroso ver o seu homem interessado, seja lá porque, em outra mulher que não fosse ela, e numa explosão de raiva contida se questionava: o que faço eu aqui? Por que me contento com tão pouco? Ao deixá-la em casa, Izabel teve a certeza de que, para ele, a noite não terminara.

O RAPTO DA MENINA

Estava tudo preparado, tinha que ser agora. O dia estava nublado, prometendo uma boa chuva de verão, e isso poderia favorecer os planos de Jorge: levar a menina para a casa que ele diligentemente vinha preparando há anos. O sítio ficava perto da cidade, mas o acesso era difícil e ele até providenciara um carro com tração nas quatro rodas para enfrentar a estrada íngreme. A propriedade era muito bonita e fora preparada para receber a menina, a sua menina.

Ele a viu crescer e acompanhou a sua vida escolar, observando-a, indo e vindo todos os dias. Ia sempre sozinha e para encurtar o caminho ela atravessava um terreno baldio enorme, onde existira tempos atrás um campo de futebol e, quem sabe, num futuro próximo construíssem ali um prédio público. A menina parecia gostar do trajeto e brincava com as gramíneas que nasciam espontaneamente, chutando-as fazendo levantar um poeirão danado. Ao final do trajeto encontrava uma coleguinha e de mãos dadas as duas adentravam os muros altos e brancos da escola.

Jorge viu a menina crescer: o corpo se alongando e tomando formas femininas, as roupas infantis dando lugar a outras mais próprias das mocinhas, nos pés tênis coloridos e no andar um trejeito maroto. Ela era a sua menina, afinal vivia para ela e mesmo de longe quando a sabia doente, por exemplo, fazia de um tudo para vê-la curada. Na verdade, só podia rezar e o fazia com muita fé. Quando soube da sua enfermidade mais grave, uma pneumonia virótica, ele desesperou-se e de joelhos diante do altar da Virgem Maria implorou pelos seus cuidados e prometeu mandar esculpir uma imagem em tamanho natural e colocá-la em uma pequena capela que construiria no sítio. Prometeu e cumpriu, pois a menina recuperou-se totalmente.

Agora era o momento. Ela já adolescendo, e ele ultrapassando a casa dos trinta anos. Tinha recursos financeiros e era homem de boa índole, assim não havia nada que pudesse impedi-lo de tê-la para si, só para si. Num paraíso preparado com esmero viveriam felizes para sempre. Arrumou-se com apuro: banho demorado, barba bem-feita, perfume discreto e a roupa que mais gostava: o uniforme do exército onde servira e chegara ao posto de tenente. Botas de cano médio, perfeitamente engraxadas, e um cinturão de couro arrematando as calças de brim verde-escuro, uma pequena adaga fixada no cinto, óculos de sol e a maleta com os apetrechos necessários.

Às 11 horas e trinta minutos pegou o carro e dirigiu-se até o campo por onde a menina passaria de volta da Escola. Quando ela se aproximou do veículo, Jorge desceu e galantemente colocou-se na frente dela e disse:

— Vim buscá-la. Vou levá-la para o meu sítio onde fiz uma casa para morarmos. Lá não entra ninguém e você vai ficar comigo para sempre, não deixarei que saia de lá e não permitirei que ninguém vá visitá-la. Viveremos só nós dois, juntos para sempre.

A menina estupefata olhou para aquele homem desconhecido e sem dizer nada chorou duas lágrimas de pérolas que rolando pela face exalaram um perfume suave. A marca inconteste de sua inocência e de sua perplexidade impactaram, de modo fulminante, aquele homem que voltou ao carro e, numa arrancada violenta, sumiu, deixando atrás de si uma cortina de poeira: um poeirão. E da menina o que se via era apenas os expressivos olhos apreciando a cena.

PRIMÍCIAS

Ela nadava em águas limpas de um azul cobalto e uma correnteza leve que formava pequenas ondulações e a levavam correnteza abaixo. Em sua companhia seus dois irmãos e um grande animal marinho. Animal sem raça e sem nome. Chegando à margem, deixou-se calmamente levar pela própria força das águas até poder descansar na areia branca. Agora estava sozinha. Seu vestido era longo e de um tecido fino e transparente. Assim reclinada naquela cama de areia sentiu sua respiração aprofundar-se com o ar penetrando lentamente em todos os contornos do seu corpo, fazendo-a estremecer de um prazer desconhecido e intenso.

DESCOMPASSO DE AMOR

Vestida à moda da época com um vestido tubinho bicolor, uma versão barata de Dior, ela sentia-se bela. O seu perfume de gardênia marcava indelevelmente a sua passagem pelo salão envolto em uma penumbra cor de âmbar que, misturada à fumaça dos cigarros delineava pessoas, homens e mulheres num trânsito caótico de encontros e desencontros, esbarrões e abraços numa frenética preparação para a dança – compasso de amor.

As maracas tremeram marcadas pelo toque surdo e profundo dos bongôs e iniciaram a festa. Num repente, o coração da moça acelerou fazendo-a sentir uma espécie de "frio na alma". "É a minha preferida", pensou, "é a música que meche com o que há de mais profundo em mim. É o canto de mim mesma, que me convida a dançar tresloucadamente".

Pelo salão frouxamente iluminado, ela viu aproximar-se o seu par. Levantou-se e caminhou lentamente até estar tão próxima dele que sentia o calor do seu corpo. Tinham o salão só para si: frente a frente, olhos nos olhos deram-se as mãos que, competentes e senhoras de si, deslizaram e promoveram a aproximação dos dançarinos para o colóquio corporal de movimentos sinuosos numa preparação para os passos do bolero: "São dois pra lá, dois pra cá...".

As mãos dele firmes em suas costas a conduziam e ela, com os olhos semicerrados, construía mentalmente imagens mirabolantes, estonteantes, delirantes. E o coração traiçoeiro batia mais que o bongô, tremia mais que as maracas... Descompassado de amor? Amor que de tão intenso nauseava, torturava. Ela deixava-se levar de lá para cá, de trás para frente, de rodopio, inversamente. Formavam um nó que magicamente se desfazia como laço frouxo para em seguida se fazerem em novos laços, novos nós, ritmicamente, ao som do bolero que dizia, repetia e insistia... "São dois pra lá, dois pra cá...". Mas ela não sabia e não queria saber que passos dar, como contar, quando parar. Queria dançar, leve e solta a rodopiar com o "torturante Band-Aid no calcanhar".

Dançando ela esquecia suas noites vazias cheias de solidão. Queria sim os laços frouxos ou não, os nós cegos ou não. Queria aquela mão no pescoço e as costas macias... Ah! isso ela queria... "*Dejaste abandonada la ilusión que havia em mi corazón por ti...*". Era o último acorde. Os braços se soltaram, as mãos se despediram, os corpos se afastaram. Do "um" que se tornaram enquanto dançavam, voltaram a ser "dois". Ele perdeu-se na penumbra do salão e ela, alisando o seu vestido bicolor, caminhando lenta e compassadamente, foi sozinha embriagar-se de *whisky* com guaraná.

AMORDAÇADA?

O jovem executivo chegou à promissora cidade interiorana recomendado pelo alto escalão de uma multinacional para comandar a recém-instalada fábrica de artefatos tecnológicos para a odontologia. Adentrou no espaço que lhe foi destinado já suprido de todo pessoal de apoio, incluindo nesse quadro a também jovem secretária que estaria à disposição do chefe.

Olhou-a por cima e a distinguiu dos demais como atraente para os seus anseios de macho que estariam, a partir de agora, revigorados pelo poder que o cargo lhe auferia. Seria fácil conquistá-la ou, quem sabe, aliciá-la para satisfazer as suas querências profissionais e pessoais. Pensando ser necessário conquistar o território para depois moldá-lo aos seus desejos, o pretenso grande chefe tratou de orientá-la nas atribuições próprias do cargo e, para tanto, foi aos poucos enumerando responsabilidades que exigiam tempo estendido para além da carga habitual: horas extras.

De sua parte, ele traçava o seu plano e ela, inocentemente, porém nem tanto, colocava-se à disposição do chefe, mesmo porque o acréscimo ao salário vinha a calhar: estava preparando a festa do seu casamento. De olhos e ouvidos atentos, a jovem secretária fazia do seu trabalho momentos de crescimento profissional, pois as exigências extras estavam por exigir novas competências que ela adquiria e aprimorava.

Entretanto, as horas de trabalho começaram a adentrar em muito o convencional e ela passou a ficar, por horas a fio, sozinha com o chefe, ele em seu pomposo gabinete e ela em sua discreta sala. Agia com perfeita discrição e executava suas tarefas com profissionalismo. As exigências foram aumentando, e a forma de solicitação passou a ter um tom agressivo. Onde queria ele chegar? A moça já não entendia as razões para a sua permanência fora do expediente. O chefe não a assediava sexualmente como esperava, dada a sua experiência anterior nesse sentido. O assédio sexual era uma constante naquele ambiente masculino onde algumas seletas mulheres, com aparência considerada "boa", circulavam exercendo atividades que, segundo o código vigente no mundo do trabalho formal, deveriam ser exercidas por mulheres. Ficava então a pergunta: O que aconteceria?

Certa tarde a secretária dirigiu-se ao gabinete do executivo e solicitou-lhe que a dispensasse do serão porque tinha assuntos relativos ao casamento para tratar com o noivo. A explosão do chefe foi violenta: empurrou a própria mesa em direção à moça, varreu com os braços todos os papéis que estavam para ser assinados e com os punhos em riste vociferou:

— Ponha-se no seu lugar sua vadia! Aqui quem manda sou eu. Não aceito recusas, minhas ordens devem ser cumpridas sem questionamentos. Recolha-se em sua insignificância e faça absolutamente tudo o que eu mandar. Vá para a sua sala e não saia de lá até que eu a autorize.

Prontamente ela retrucou:

— Fique tranquilo chefe, diferentemente do senhor eu sei qual é o meu lugar, pois meu pai me ensinou. Estarei em minha sala e aguardarei as suas ordens.

Com o coração aos pulos, a secretária sentia a humilhação corroer a sua alma, mas sabia ter respondido à altura do pedestal que a história deu aos homens em detrimento das mulheres, e sabia também que uma reação emotiva coerente com o seu modo de pensar teria produzido uma situação irreversível de violência. A secretária demitiu-se para sempre do emprego, daquele e de outro qualquer, e foi ao encontro de atividades que fossem mais compatíveis com a mulher que era: livre e autônoma. Quanto ao executivo promissor... Quem sabe o que lhe aconteceu?

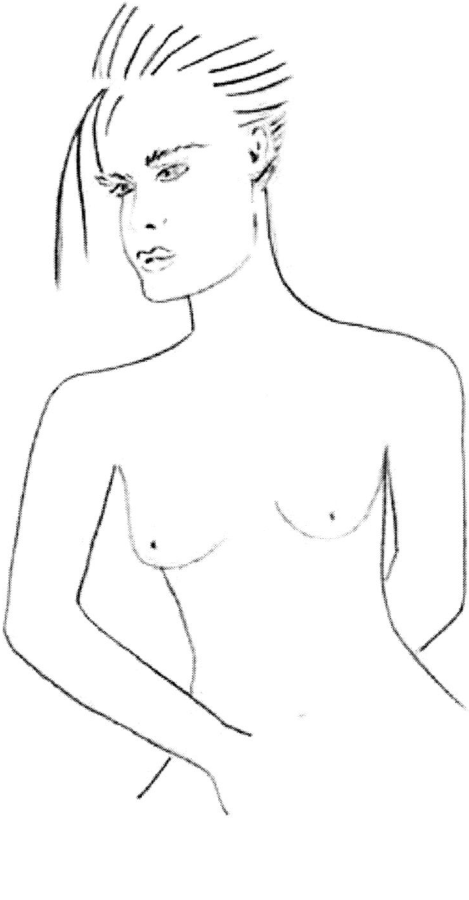

METAMORFOSE

Julio convertera-se há pouco mais de um ano em um adepto ferrenho da alimentação saudável: somente produtos naturais, orgânicos e longe das proteínas animais. Ficara horrorizado com uma reportagem americana que mostrava o desespero dos gansos prestes a morrer para virarem comida dos humanos. Passou a ter pesadelos com o grasnar dos bichos que corriam desarvorados quando percebiam que seriam os próximos a terem o pescoço cortado. Como percebiam, ele, Julio, nem desconfiava, mas a reportagem mostrava indícios muito fortes de que isso acontecia: os gansos sabem quando vão morrer pelas mãos dos homens. Nas noites de pesadelo, Julio acordava assustado e encharcado de suor, então cortou radicalmente esses hábitos que estavam alimentando seus horrores noturnos.

Depois de um ano o corpo mudou: ficou mais enxuto e a musculatura mais firme e delineada. Achava-se mais bonito, pois a pele estava macia e aqueles pelos duros e encravados da barba sumiram. Cada vez que se olhava no espelho, Julio surpreendia-se com a imagem ali refletida: a pele, os cabelos, os dentes e o olhar... ah! o olhar cheio de novo brilho misterioso o fazia suspirar e alisar as feições com visível prazer.

Num sábado de verão, com as ruas menos cheias de gente e o comércio mais convidativo, Julio arriscou uma olhadela nas gôndolas dos produtos de beleza de uma grande e iluminada farmácia. Andando livremente pelos inúmeros balcões, analisou embalagens, leu especificações e foi, aos poucos, compreendendo aquele maravilhoso e até então desconhecido universo feminino. Saiu da farmácia horas depois, com um volume precioso de cremes, loções, maquiagem e tantos outros itens que mexeram com a sua vaidade recém-descoberta com um prazer que beirava a epifania. De tão feliz, naquela noite Julio recolheu-se cedo e adormeceu profundamente. Acordou no início da madrugada e tão revigorado que decidiu sair para divertir-se. Pé ante pé saiu do quarto e embrenhou-se no closet da mulher e lá devaneou e vestiu-se: calcinhas minúsculas cor de romã, um bustiê da mesma cor, meias rendadas e sapatos plataforma. Cobriu-se com um chemisier de seda e depois caprichou na maquiagem.

Saiu de casa e ao encontrar a avenida iluminada inspirou profundamente. O ar saiu dos pulmões emitindo um grasnado longo e horrendo tal qual o dos gansos que assombravam as suas noites de pesadelos. Julio fugiu da morte simbólica para a vida que há muito sufocava. Completara-se a metamorfose... Ele agora era Ela.

O SONHO DE CÍCERO

Há tempos Cícero vinha acalentando um sonho: ser mais [ou menos] do que um homem. Queria ser humano simplesmente. Porém como viver essa experiência? Isso é que estava a martelar na sua cabeça. O que desejava ia além de travestir-se disso ou daquilo, desejava sentir-se apenas um ser. Mas o que é o ser? Ser o quê?

Já tentara investigar o termo, vasculhando alfarrábios filosóficos, teológicos, sociológicos e nada que satisfizesse o seu desejo. Definições, conceitos, axiomas eram insuficientes. Ele precisava sentir o ser, mas esbarrava sempre no seu corpo, biologicamente definido como o de um homem. E não tinha nada contra esse corpo que a vida lhe dera [ou não?]. Gostava dele e até mesmo cuidava-se para mantê-lo saudável e forte. A questão não adentrava pelas veredas psicológicas, pois não sentia qualquer estranhamento em relação ao que era: homem, solteiro por opção e engenheiro por profissão. Relacionava-se normalmente com as pessoas, tanto no trabalho quanto na vida social. Lá no íntimo professava até uma fé, por assim dizer. Não era praticante de nenhuma religião, mas costumava rezar, pedir e agradecer. O seu desejo de ser dois em um ou um em dois era tão íntimo que Cícero se recusava a discutir e muito menos clamar por uma intervenção divina:

— Esse é um problema meu — afirmava constantemente para si mesmo.

Aconteceu um sonho que mexeu com os pensamentos de Cícero: viu-se num vasto rio de águas quentes que corriam vertiginosamente em sentido oposto ao seu. Nadava com braçadas largas contra a corrente e sem fazer qualquer esforço, sentia o corpo leve e solto dirigir-se a lugar nenhum. Ao acordar, pensou: "Leve, solto e à deriva...". E esse pensamento foi tomando forma: "Para ser um completo, tenho que abandonar a ideia de corpo e sentir que estou livre no espaço... Sem amarras". Lentamente foi crescendo a ideia de um voo livre. Relembrou a loucura do mitológico Ícaro e pensou: "Hoje já se pode voar livremente com segurança".

Passou a dedicar a maior parte do seu tempo para implementar o tal voo e assim, achava ele, poderia sentir o ser em sua plenitude. Comprou uma enorme asa feita com material sintético e resistente, uma antecedente, provavelmente, das asas-delta de hoje e botou-se a estudar as peculiaridades do seu voo: local, época do ano, horário e mais os complicados elementos inerentes à técnica de voar. Como era engenheiro, tinha conhecimentos mais do que suficientes para orientar seus planos. No dia e hora definidos, Cícero arrumou-se não sem antes redigir um minucioso relato de sua proeza, dos desejos até a execução. Material deixado em sua mesa de trabalho com um subscrito: "A quem possa interessar".

Em pé no alto de uma montanha, Cícero olhou o deslumbrante cenário que estava prestes a desbravar. Inspirou profundamente e falou:

— Chegou a hora, valei-me meu anjo da guarda!

Lançou-se no vazio. As enormes asas ruflaram com a pressão do vento e a aventura de Cícero começou. Num piscar de olhos, como se diz, já não sentia o corpo, apenas a mente se mantinha vibrante e ativa. O ar enchia os pulmões e um prazer imenso se apoderou dele. Já não era o que achava que fosse e, ao mesmo tempo, era a criança que fora e também a professora que o ensinara a ler e escrever. Numa reviravolta violenta, viu-se como um grotesco capataz domando um potro selvagem; noutra, um bailarino clássico e numa outra, uma cantora de ópera soltando a sua voz de soprano. Tantos outros seres, conhecidos e desconhecidos, reais ou imaginários, povoaram a mente atormentada de Cícero, todos aglutinados em um único e múltiplo ser, ele mesmo. De repente, uma escuridão total.

— Onde estou?